Pour mes filles Cléa et Elliott

Marigold Plunkett

First published by Les Puces Ltd in 2015
ISBN 978-0-9931569-3-9
© 2015 Les Puces Ltd
www.lespuces.co.uk
Original watercolour paintings © 2015 Marigold Plunkett and Les Puces Ltd

Egalement disponible sur notre site

Consultez notre boutique en ligne sur www.lespuces.co.uk

# L'ÉTÉ

by Marigold Plunkett

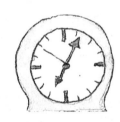

Bonjour !

Quel temps fait-il aujourd'hui ?

C'est l'été !
Il y a du soleil.
Il fait chaud.

Qu'allons-nous porter ?

«Moi, je porte un short et un t-shirt».

«Moi, je porte une belle robe rouge».

«Nous portons nos crocs» !

Nous avons faim.
Qu'allons-nous manger pour
le petit déjeuner ?

Des céréales avec du lait.
Du pain grillé, de la confiture
et du beurre.

C'est une journée parfaite
pour un pique-nique.
Qu'allons-nous prendre avec
nous ?

Des pommes rouges, des sandwiches avec de la salade et des tomates, des biscuits, des chips, des fraises, des gâteaux et du jus de raisin.

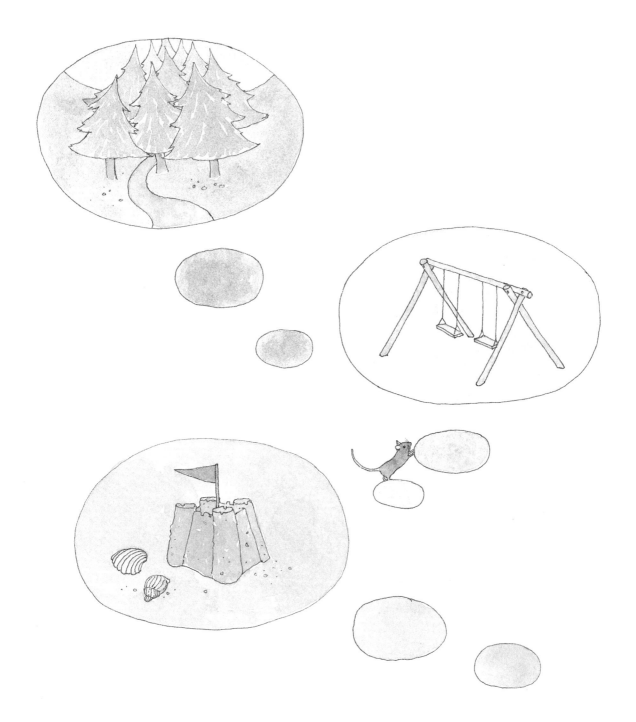

Où allons-nous aller pour notre pique-nique ?
La fôret, le parc ou la plage ?

Allons à la plage pour voir la mer, avec Leo le petit chiot. Il ne faut pas oublier nos chapeaux de soleil.

Que peut-on faire à la plage ?

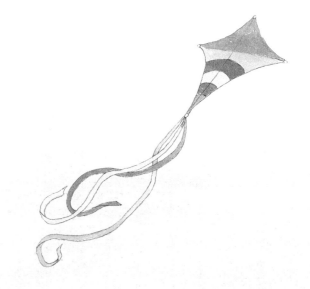

Nous adorons faire voler notre cerf-volant, jouer avec le seau et la pelle et courir dans la mer. Splach, Splach, Splach !

Où est Leo ?
Nous avons faim mais il a disparu !

Oh non. Leo est tellement gourmand ! Regarde notre pique-nique !
Il croque ! Il mâche ! Il avale !

Qu'est ce qu'on peut manger maintenant ?
Nous avons vraiment faim.
Oh Leo, pourquoi as-tu mangé toute la nourriture ?

Ecoute !

C'est le vendeur de glaces ?

Merci Leo.
Nous aimons manger des glaces
pour le déjeuner.
C'était une journée parfaite
après tout !

une pomme

la pelle

le seau   le ballon

une fraise

des coquillages

un cornet

une glace

le cerf-volant

une souris

a mouse

the kite

an ice cream

a cone

seashells

the ball

the bucket

a strawberry

the spade

an apple

Thank you Leo.
We love ice-cream for lunch.
It was a perfect day after all!

Listen!

Is that an ice-cream seller?

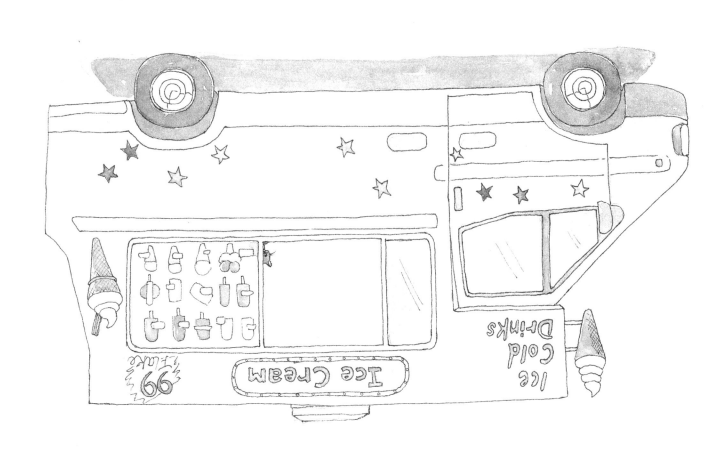

What can we eat now?
We are really hungry.
Oh Leo, why did you eat all the food?

Oh no. Leo is so greedy!

Look at our picnic!

Crunch! munch! gulp!

Where is Leo?

We are hungry but he has disappeared!

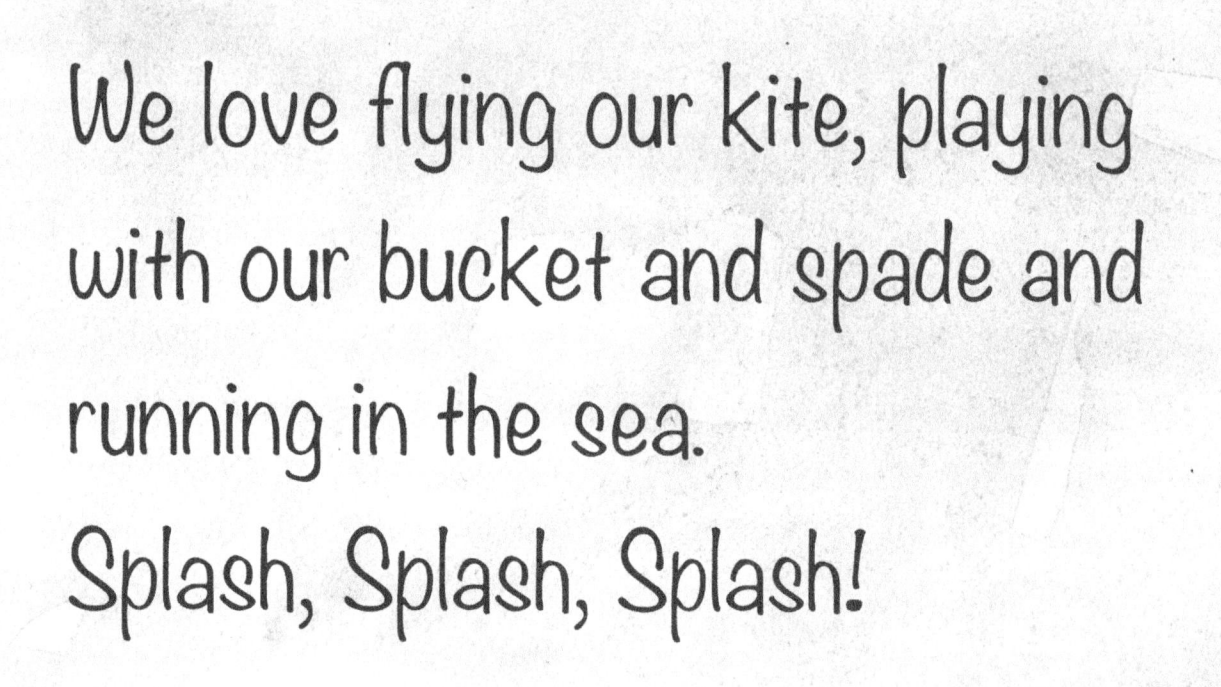

We love flying our kite, playing with our bucket and spade and running in the sea.
Splash, Splash, Splash!

What can we do at the beach?

Let's go to the beach and see the sea, with Leo the little puppy. We must not forget our sun hats.

Where shall we go for a picnic?
A forest, a park or the beach?

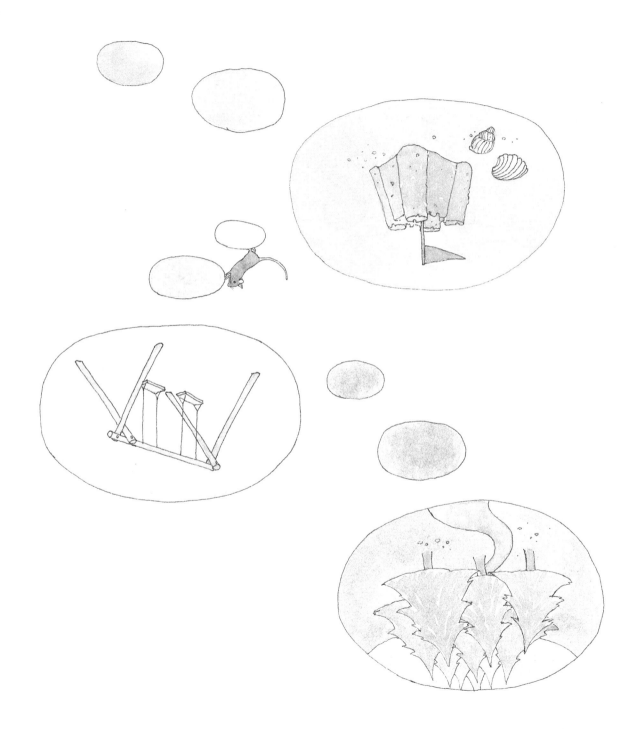

Red apples, sandwiches with lettuce and tomatoes, biscuits, crisps, strawberries, cakes and grape juice.

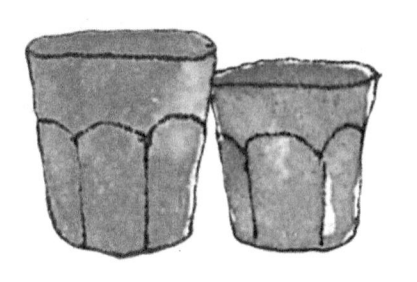

It's a perfect day for a picnic.
What shall we take?

Toast, jam and butter.

Cereal with milk.

We are hungry.
What shall we eat for breakfast?

"I am wearing shorts and a t-shirt".
"I am wearing a pretty red dress".
"We are wearing our crocs"!

What shall we wear?

It's Summer!
It is sunny.
It is hot.

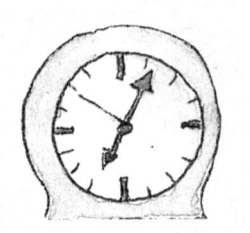

Good morning!

What is the weather like today?

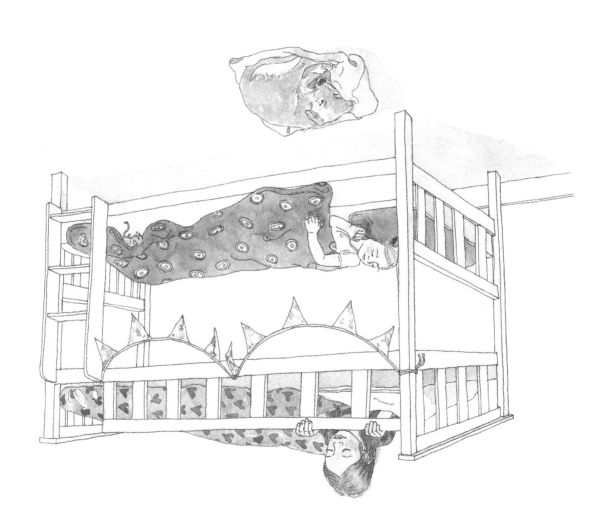

# Summer

by Marigold Plunkett

# Also available from Les Puces

Visit the shop on our website at www.lespuces.co.uk

For my girls Cléa and Elliott

Marigold Plunkett

First published by Les Puces Ltd in 2015
ISBN 978-0-9931569-3-9
© 2015 Les Puces Ltd
www.lespuces.co.uk
Original watercolours © 2015 Marigold Plunkett and Les Puces Ltd

Lightning Source UK Ltd.
Milton Keynes UK
UKOW07f0411150416

272295UK00005B/20/P